連詩

地球一周航海ものがたり

新藤凉子　高橋順子

思潮社

連詩　地球一周航海ものがたり

新藤凉子
高橋順子

目次

写真＝新藤涼子、高橋順子
装幀＝思潮社装幀室

連詩

地球一周
航海ものがたり

刊行記念

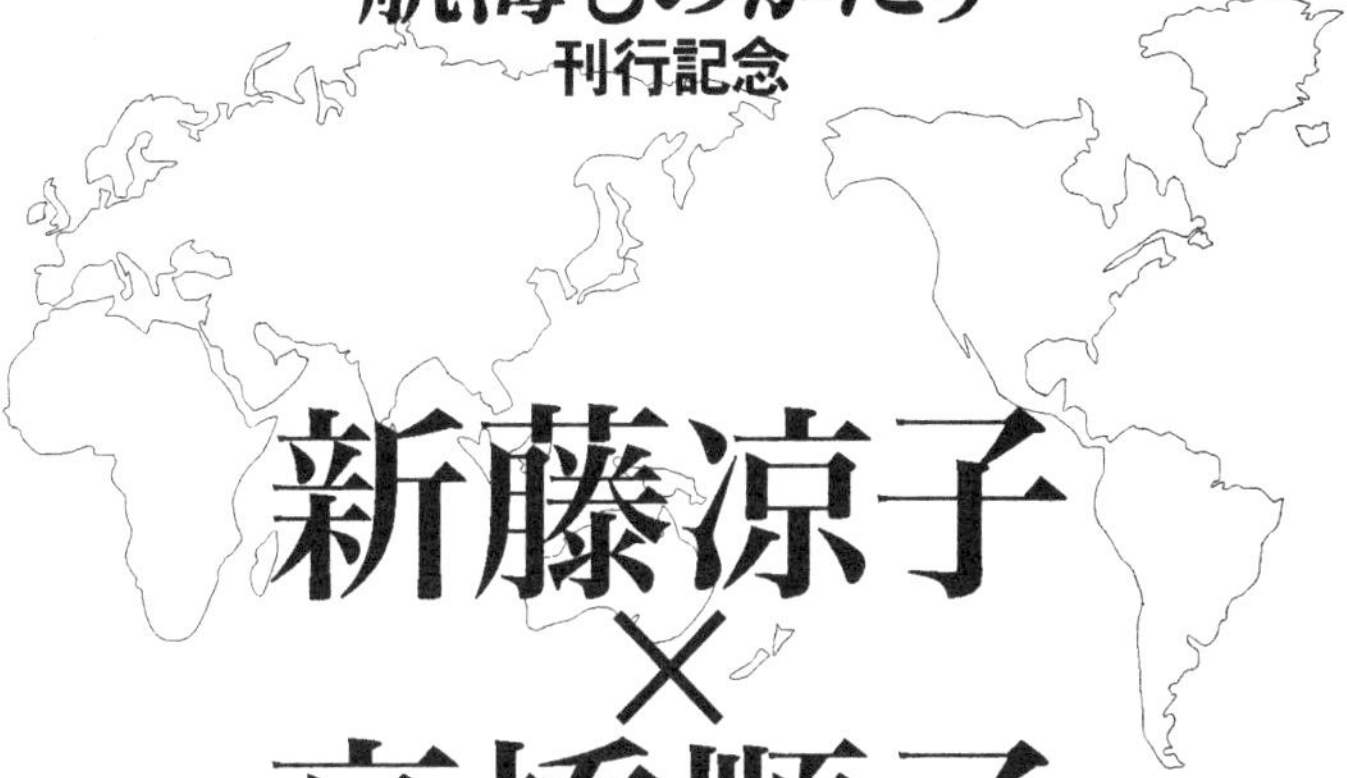

新藤涼子
×
高橋順子

ゲスト 車谷長吉

朗読&トーク&サイン会

2006年10月14日[土]15:00～17:00(open14:45)
東京堂書店神田本店6F(03.3291.5181)
参加費500円(要整理券)

お電話またはメール(tokyodosyoten@nifty.com)にて
件名「〈地球一周トークイベント〉参加希望」、お名前・お電話番号・参加人数をお知らせください

後援:思潮社

連詩　地球一周航海ものがたり

1

高橋順子

大船とはいえど　鋼鉄の物質が水に浮いているわけである
横浜から乗ったおばあさんが　扇子をつかいながら
「あそこなら　しんでもいい」
と言っている
あそこって　あの珊瑚礁の島かしら
椰子の木陰にきれいな目をした黒い人たちがいた
「あそこなら　しんでみてもいい」
うーん、しとすが逆になる東北生まれの人が　「すんでみてもいい」と

この世の住処の話をしていたんだ
東北といえば
ここインド洋では　日本の方である
日本国内の方位が急に縮んでくる
わたしはいまは伸びきった方位
南にひろがっていこう

2

新藤涼子

船室に初あかりする波の色

という駄句を知人たちに書き送って
日本を発ってきたのだが
七階の集合場ブロードウェイに
八百人もの乗客が集まり
シャンペンを抜いて　年越しの
カウントダウンをやらかす

大騒ぎのなか
杖なしでは立てなかったはずのすてきなムッシューと
ペアになって踊り狂い
一月一日の初あかりは夢のなか
船酔いもせず
まずはめでたく
地球という惑星を
三ケ月かけて一周する旅に出た

3

順子

明るいホールの前を通って
デッキに上がってみた
新しい年を迎える銅鑼が鳴り
闇の中から
白服の船員たちがばらばらと駆け寄ってきて
「ア・ハッピー・ニュー・イヤー!」
と握手してくれた
こんなふうに始まる新年が　わたしにあったなんて!

ベトナム、ダナンの港でのお出迎え。（1 月 2 日）

4

涼子

雨もよいの天気が続いた
一週間目にはじめての寄港地
ベトナムの中部ダナンでも
じめじめと小雨が降り続いていた
わたしたちは　バスでベトナム最後の王朝が造った
古都フエにむかっている
バスが止まるたびに子どもたちが
「ワンダラー・ワンダラー!」

と声高にはがきを売りに来る
敗戦直後の日本を思い出す
「ギブ・ミー・チョコレート!」
垢にまみれた戦災孤児たちが
アメリカの兵隊さんに群がっていた光景を!

5

或る土地には或る土地固有の速さがあって
旅人は自分の中の速度を知らされる
ベトナムのひなびた土地を歩いたとき
この速さは身に覚えがあると思った
たとえば自転車で走るタクシー、シクロに乗ったときに
とどいた風の速さは
わたしの子どものころのそれだった
いやそれよりももっとむかしの風だったかな

順子

ベトナムの畦道はまがりくねって　そこから
忘れていたそよ風が吹いてきて
吹きだまりをつくって
また吹いて

6

涼子

色とりどりのテープが船から陸地に向かって投げられ
相手にとどかなかったテープは風に吹かれてゆれている
ダナンの港には
人が去ったあとを四十分も一人で立って
船上から投げられたテープを束にして
受け取っている青年がいた
「ヨン様*　そっくり！」
その声に船上の人びとはどよめいた

「望遠鏡で見てごらん」
白髪の男の人がいう
ほんとうにはにかみながら
上を見上げて笑っている顔は
「あ、！　南のソナタ！」
ベトナムが
一人の青年の立ちつくしている姿で
急にいとしくなる
船が動き出すと
波止場の突端まで追いすがって来た青年！
けわしい顔で物を売りつけていた人びとの印象がうすれて
涙が出そうになつかしくなったダナンの土地よ

＊韓国テレビ映画「冬のソナタ」の主演男優ペ・ヨンジュンのことを日本のファンはヨン様と呼ぶ。

7

順子

寄港地の朝は
心の蓋がうっすらとひらく
デイパックの若者たちがわれさきに船を下りた後
老人が一人語りを始める
「さっき見えた島にまず集結して
それからシンガポールを攻めたのです」
わたしが生まれるちょっと前に起こった太平洋戦争の話である
「わたしは昭和二十年、十五歳で海軍の特攻隊にいました

飛行機がなくなったので飛べなかった
親は残念がりました」

オプショナル・ツアーの現地ガイドの女性は
日本語が上手だった
道路のグリーンベルトに咲いていた花の名を問うと
「サザンカ」と言う
シンガポールの人たちが「サザンカ」と呼ぶのは
オレンジ色の南国の花である
わたしは一人の花好きの日本兵を　一九四一年の
赤道直下の町に立たせてみた

8

塵ひとつ落ちていない土地
シンガポールの寺院の前で
ツアーの日本人ガイドが言う
「足を洗って中に入ってください」
足を洗うのはいや　この年になって　といって
誰も中に入っていかない
そばのアラビア風の商店でローソクを値切らないで
買う男がいた

涼子

「ダメ！」
中年のマダムが叫ぶ
「だってボク　これが欲しいんだもん」
マダムと綽名されている帽子をかぶった女性は
「さっき　ローソクを買った人がいたでしょ　ミーの友達よ」
皮で造った薔薇のブローチを半値で買っていた

9

順子

お土産というのは　旅に出たくても
いまは出られない知人・友人・家族への
免罪符である　そう思って買物をすると
あまり喜んでもらえないものを買ってしまうことがある
免罪符なんて都合のいい考え方はやめて
むしろ自分を喜ばせる物を買うほうが後悔しない
喜びがくっついている物を
お土産にしたほうがいい

値引きしてもらうのも喜びのうちである
言い値で買うのも喜びであることがある
わたしは知らない町の
市場やスーパーマーケットで買物をするのが好き

10

急病人が発生したため緊急で病院への
搬送が必要となりました！　そこで進路を変更し
スリランカに向っております！
という船内放送があった
日本を出航して二週間目のことである
アテネ・オリンピックで印象ぶかかったのは
女子柔道の〝ヤワラちゃん〟の金メダルと
女子レスリングの浜口親子の奮闘ぶりだったが

涼子

この船は北廻り世界一周で　その見学を果たしている
季節が夏のことだったので　日本出航から十八日目に
インド洋でモンスーンに巻き込まれ
食堂ではカレー・ライスを頭からかぶる人も出て
皿やコップが飛び散り
スプーンやフォークの入った千人分の引き出しは
全部開いて外に飛び出し
ベッドから転げ落ちる人続出
その最中《さなか》中年の女性が心臓発作で亡くなり
モンスーンが落ち着いた後で
ブロードウェイ・ラウンジに全員集って黙禱を捧げたそうだ
「今回のクルーズは穏やかで夢のようです」
その時に乗り合わせ懲りずにまた乗り込んだ
マージャン・クラブの会長スーさんと書記長の渡辺さんが
声を合わせて言った最中だったのに——

今回がはじめての外国旅行だと言っていた
ローソクを値切らないで買った男かと思ったが
元気な顔で図書室で本を読んでいた

シンガポールの街角（アラブストリートにて）。(1月6日)

11

順子

TVニュースは入らず
寄港地ごとに何日か遅れの新聞が届くだけだが　それもいつの間にか途絶えた
したがって船の中では
さまざまな揣摩《しま》憶測　噂　怪情報が飛び交うことになる
診療室から担架で運び出された男性は　鼾をかいていた
脳溢血ではないか
いや鼻の穴に脱脂綿が詰まっていた
いやその人は女性だった

おたふく風邪をこじらせたそうよ
船底には霊安室があって
柩が四つ並べられているんですって
一月十日　スリランカのゴール沖に船が停泊し
巡視艇のような船に　担架の病人と白っぽい服の女性が一人乗り移り
暗い波の向こうに運ばれていった　そうだ
（わたしは食事中だった）
「昼間だったらよかったのに
スリランカの景色が見られたのに」
（この人も食事中だった）
柩に入った女の人といっしょに波に揺られている夢を
その夜は見た

12

クイーン・エリザベス号の姉妹船として造られ
最初エリザベス女王が「エンプレス・オブ・ブリテン号」と
命名したという謂れのある我が「トパーズ号」は
五十数年を経ても地球一周航路ができるほど丈夫なのである
ところが我が身はちょっとこの船よりも年上とはいえ
心臓は丈夫だが肥満に耐えかねて
足首が悲鳴をあげる
夫がみまかって以来

涼子

動かずして食べ放題
五年間で十六キロも体重が増え続け
医者をはじめどなたと出会っても
「もう少し痩せる努力をしなさい！」
と全く同じ言葉できつく言われてしまう
努力をするつもりでこの船に乗ったのに
朝昼晩の食事は
とびきりおいしかった
誤算といえば　これが
最大の誤算だった

その報いはすぐにやってきた

13

マダム・リョーコを三人　服の中に入れたような女の人が
ポートビクトリアの街を歩いていたよ
マダム・リョーコは思わずにっこり

ブーゲンビリアの花の下を
黒い人、白い人が「ボンジュール」と言って通ってゆく
雨季のセイシェル共和国の晴れ間

順子

小さな土産物店には
貝殻のネックレス　鮫の歯三口分
お尻のかたちをした木の実　あれこれ

14

お菓子のように小ぎれいなセイシェル
島の中心に時計台
そのそばの石垣に腰掛けていると
薄汚れた乞食がやってきて
まとわりついて離れない
土地の人が通りかかり
「駄目だよ」
と注意すると

凉子

もそもそと離れていった
船内にもどると　女の人が強盗に
いくばくかのお金を取られたという噂を聞いた
警察の人が犯人の特徴を質問しても
彼女には答えられなかった
「だって　どの人も色が黒いんだもん」
彼等から見ると日本人は
「どの人も　のっぺりしていて黄色い肌をしているんだもん」
と答えるだろう

15

一月十八日　アフリカ大陸はケニアのモンバサに入港
原色の布、カンガをまとった黒人の女たちが
頭の上に大きな器をのせ
ファッションモデルのようにしなやかに砂埃の道をゆく
わずかな影をつくる木の下には
長い手足をもてあまし加減に座り込んでいる黒い男たち
枯れた草原　骨のかたちが浮いて見える牛たち

順子

ピーターズバンドのピーターさん*に習って
いまもおぼえているスワヒリ語は
「ポレポレ」（ゆっくり）
「ハクナマタタ」（なんとかなるさ）
「ニョーカ」（蛇）
忘れない　いい声をしたケニアの人たち
「アサンテ・サーナ」（どうもありがとう）

＊ピーター・オルワ　「船内新聞」によれば、ミュージシャン・旅行会社経営。水先案内人としてシンガポールからモンバサまで乗船。三月二十一日ナイロビで凶弾に倒れた。享年五十六。

16

涼子

八人乗りのワゴンはアスファルトで舗装してあるとはいえ
穴だらけの道をひたすら走る
大きくバウンドして飛び上がり　天井に頭をぶっつけて
すぐさま尻餅をついてしまう
悪路に耐えながらの恐怖バス・ツアー
「野生の王国」ツァボ国立公園に三時間かけてやっとたどり着いた
それから先の道は舗装はなく
まっ青な空の下　わたしたちは黄色い風となる

広大な公園のなかは緑ゆたかな　とはいいがたい
枯木　枯草のなかを　しばらくは動物といってもわたしたちだけだ
「あれ？　紋白蝶みたいのが……」
ひらひらと一匹飛んでいく
そのうち車の天蓋を開けて立ちっぱなしで
カメラをかまえ続ける破目になるなどとは　とても思えなかった

17

順子

ライオンが歩いてゆく
坐る
つぎのライオンが行く　坐る
行く　坐る
視線の先には　水場に集うバッファローたち
ライオンが首を上げる
つぎのライオンが首を上げる
首を上げる　上げる

やおらバッファローが砂煙を上げて走り出す
見送るライオン
　　ライオン
　ライオン
十台のサファリ・カーが通せんぼして
ライオンのごはんのじゃまをしてしまった　朝

18

キリマンジャロが見えるという丘に
バスの運転手さんにすがって登頂した
ツァボ公園の広さがよくわかった　全方位まさに野っ原である
キリマンジャロは雲におおわれて見えなかった
心眼を開いて見た　なつかしかった
船内のシアターで「となりのトトロ」を見に行ったときのこと
すでにはじまっていたので暗い中をソロソロと入っていった
最後の階段のとき　もう無いと思っていたのに一段残っていて

涼子

空中遊泳をやらかし
見事にすべって右半身と足首を捻挫してしまった
それでもキリマンジャロが見られるかもしれないと
野生の天国にやってきたのだった
夫とわたしはよく旅行をしたが
アフリカが残っていた
人類の祖先はアフリカだったという説にひかされて
友人たちに呼びかけ　十数人集まったところで
夫は風邪を引いてしまった
皆が出発するときには
二ケ月寝込んだまま
本当に遠いところに旅立ってしまっていた
アフリカに出発した友人たちは
飛行機のトラブルで待たされたとき
キリマンジャロが姿を現し

「あ、古屋さんが見せてくれた！」と
叫んだそうだ

象よ　象よ　群なして水を浴びていた象よ

東ツァボ国立公園の象の集団（車窓から）。（1月18日）

19

順子

四角い岩の塊が見える
あれはテーブル・マウンテンにちがいない　ついに
アフリカのケープタウンだ

しかし荒天のために港が閉鎖され　船は沖で旋回しつづけることになる
(日本でも台風のときなど船舶を港から沖に逃がすことがある)
わたしたちはまだケープタウンに到着していない
翌朝になってもまだケープタウンに到着していない
テーブル・マウンテンにテーブル・クロスの雲がかかっているが

あれは誰のためにかけられたのだろう

予定より二十六時間後だった　アザラシのケープちゃんが
港の岸壁に吊り下げられたタイヤの中で遊んでいるのを
間近に見ることができたのは

＊

ケープタウンから八十キロの「喜望峰」は
最初「暴風の岬」と呼ばれたそうだ
灯台と展望台のあるケープ・ポイントに登ると
「南極」を指す矢印の先は茫々たる海である
やっと来た　というよりは
来てしまった　という思いが胸を圧す
帰り道　バブーンという灰白色の猿に出会った

20

ケープタウンの街へ降りてくると
値切らないで物を買う男が
「アイ・ウォント・トゥー・ゴー・アンティーク・ショップ」
「こんな暑い国でアンティーク・ショップはないでしょうよ
裸でも暮らせるところなんだから……」
果たせるかな　街のどこにもない
港の近くで車から降ろしてもらった
木陰で十人の男たちがラップで唱和している

涼子

それに見惚れて近くのカフェに入った
値切らないで物を買う男はひとりで
とぼとぼと近くのお店に入っていく風である
そのうち悲しそうな顔をして帰ってきた
「ボクチャン　お金が足りないの　両替してくる」
海外旅行初体験の彼は両替が出来るのか

大事そうに細長い包みを捧げもって
一心不乱に歩いてくる
「この首飾り　おねえさんに買うてきた」
あやうく涙がこぼれそうになった

21

順子

「マダームの値切り方ゆうたら　おとろし
ダウン　ダウン　ダウン　てな
鉄砲に撃たれて　よう立ち上がれんわ
豪放磊落と純真さが
マダームには同居しとる」
と　へんな男は観察している
夕べ八階デッキの「波へい」でビールを飲みながら
わたしはマダームに意見された

「あんたには行動力がない
いじいじしてるから　出遅れるのよ」
へんな男がわたしに加勢してくれた
「出遅れるから
わたしのような男の嫁はんになってくれたんや」
へんな三人組
ジャンベジャンベジャン
ジャンベ*の音高まる

*アフリカの太鼓。

22

涼子

夢のようだった
ナミブ沙漠の　暮れていく空の下
長いテントが張られて　テーブルの蠟燭がゆらめき
グラスやフォークや皿が光っていた
ディナーが終ると砂丘に登ったり　星空を眺めたり
本当にロマンチックな夜だったわ
ご近所の部屋のお嬢さんの話である
へんな三人組は朝早くから
タクシーに乗って沙漠にいった

海が近く誰からも見えないところに水の製造所があり
たぶんそこからパイプで水を引いているらしいキリスト教の墓地があって
そこの管理所の男たちが　樹木に水を撒き散らしている
「あそこに登りたい」とへんな男が言うので
ずい分奥地までいくと
途中にゴミ捨場があって臭いは日本のそれと変りはない
砂丘に登ったのはドライバーとへんな夫婦だけ
わたしは白い小石を拾っていた
ドライバーが　薬莢を指して
南アフリカと戦ったときのものだといったそうだ
昼食はドイツ植民地時代のなごりのドイツ料理

夢のようだったというはなしを聞いて　はじめてナミブ沙漠の
月夜の美しさが　わたしの中で生き生きと
ふくらんできた

23

小さな茂みが　ほんの時たま降る霧を
大切そうに吸っていた沙漠の国ナミビア
のウォルビスベイから大西洋をほぼ真西へ航行すると
ブラジルのリオデジャネイロに到着する
この三行のあいだに
一日は他の日とよく似た八日間の航海があったわけだが
海の真ん中で見る日の出と日の入りは
毎日見つづけても飽きなかった

順子

水ぎわの空が白みかけて
やがて薔薇も恥じ入るような薔薇色に染まり
水と空の接点に一点の金色が生まれる
そこからひたひたと金の波が寄せてきた朝を忘れない

思い切り羽をひろげた真っ赤な雲の中を
あるいは一片の雲をもともなわずに
朱を流していった入り日を忘れない

わたしたちだけがこんなに祝福されていていいものかどうか
一瞬浮かんだ問いを　この胸が
ずっとおぼえていますように

24

涼子

リオデジャネイロのコルコバードの丘に
巨大なキリスト像が立っていた
神々しいというよりも　まるで他を圧するかのようだ
登山電車で登って降りて
街中をバスで走り回っても　どこからでも見えた
コパカバーナ・ビーチのそばを通るとき
敗戦後の東京にそんな名前のクラブがあったと思い出した
日本人はなかなか中に入れなかったのじゃないかしら

現地の日本人通訳の男は
自分の身の上をしゃべって案内しているうちに
「コパカバーナ・ビーチのあのマンションの六階にわたしの家があります」と
　言った
めったに買えないマンションなのだろう
わたしの連れのへんな夫婦は　宝石研磨工場見学を抜け出て
スーパーへ行き　大きなタオルケットを買い込んできた
サンバ・ショーを見る頃には案内人の声はすっかり嗄れ
「年に一回は必ず日本に帰ります」と言った

25

順子

港に近づくときがいい
港から遠ざかるときがいい
近づくときは　しばらく同一の形を
とどめているもの　雑多なものに会える　目の喜びがある
海では　形という形はすぐに消されてしまうからだ
夜　港から遠ざかるとき
灯りがあんなにもまばゆいのは
暗い海のただなかで眺めているせいもあるが

あそこには自分はもういないということを
決定的に知らされるからだ
近づくこと　遠のくことの意味を味わってみたかったら
船旅をするのがいい

26

二〇〇一年十一月に起こった
アルゼンチンの経済危機などというはなしは
わたしたちの世代にとってはそれほど衝撃的ではなかった　日本の
敗戦後の引揚げ問題　預金封鎖　農地改革や世の中の民主化
などという根本的な改革に比べれば――
アルゼンチンといえば華麗なタンゴというイメージ
でも踊れない身としては
隣国ウルグアイに足を伸ばそうと欲ばって

涼子

フェリーに乗った　かつてスペインとポルトガルが所有権を争った
国境の町・古都コロニアでまたも見事にコロンでしまった
世界遺産にしては貧弱だなあと思いながら
砂利道を下っていると　スッテンコロリとすべってしまった
土地の人に助けられて立ち上がると
もう歩けなく　そばの大きな人
大関さんの腕にすがり
船の中では痩せたくて汗を流したジム仲間の安河内さんにすがり
なんとか帰船した
アルゼンチンの経済危機をもう少し我が身のこととして
考えなかった罰だったのかも

27

順子

マダームは二度目の捻挫
わたしはぎっくり腰
連れ合いは前歯が一本抜けて　三人とも傷もつ身になってしまった
動けないマダームを船に残し
ブエノスアイレスの町を二人
それでも疲れるほど歩く
五月広場でお巡りさんにドレーゴ広場を聞く
彼は一方向を指さし

「デレーチョ、デレーチョ、デレーチョ、オーチョ、エイト」
と言う
母音の多いことばのうれしさ
まっすぐ、まっすぐ、と言ってくれているらしいが
「エイト、八って何のことかしら」
と連れ合いに聞くと不機嫌になる
歩いているうち八丁分、八街区分と分かってくる
石畳の道をジグザグ歩き
左右の骨董店をひやかしているうち
ドレーゴ広場に至る
はげしくタンゴを踊る男女
二人は夫婦物だろうと
しばらく木陰の卓子でビールを

28

涼子

コロニアでコロンで以来　食事は三食うやうやしく
トパーズ・ダイニングのボーイさんが自室まで運んでくれていた
ウシュアイアの港に近づくにつれて気温が下がり
アルゼンチンの暑い土地と寒い土地と両方そなえた広さにまず驚いた
足を引き摺りながらでも空中遊覧がしたい
周りの山々は雪を被っていて
へんな夫婦の婿はんの方は丹前を着込んでいる
凪がやたらに冷たい中をバスで海に近い飛行場に行く

三人乗り　五人乗り　と二通りのセスナ機が待機していた
婿はんは三人連れなのに五人乗りに乗りたいという
大きいほうが安定していると思い込んでいる
落ちるときは五人も三人も同じなのに
フワリとセスナが離陸すると同時に
「ワアッ!　コワイ!　ボクチャン　コワイ!」
と丹前男は絶叫した
前歯が一本抜けてしまってからは口を噤み
いつもの快調子のおしゃべりが出なかったのに
大口を開いて「ワアッ!　ワアッ!　ワアッ!」という
嫁はんとわたしは笑いころげ
オリビア山やビーグル水道　灯台の島　海鳥の島など見逃してしまった

29

順子

地上にいるときと
空中あるいは水の上にいるときとでは考え方や感じ方がちがってくるらしい
恐怖はつまり外界へのはげしい拒絶感である
パタゴニア・フィヨルドを船がゆくときも
恐怖感はあった　わたしにも
陸に近いところを走るとはいえ
もっとも狭いところで三百メートルの水路を
全長一九五メートル　幅二七メートル　喫水九メートルの物体が通過するわけ

だから
座礁する危険はないとはいえない
氷河の他に見たものは
迫る岩山　苔　二艘の漁船　廃船　イルカのしっぽ　白い鳥　太陽
陸の生きものは絶えて見ない
人を拒む風景が連なっていたが
拒まれていることが　あのとき心地よかったのはなぜか
わたしの中の物である部分が　物である風景にふかく
呼応したのかもしれなかった
それはしばしば恐怖感を超えた
南半球では　昼には太陽が「北中」する
船が北から東に向きを変えると
ポールの影が九十度まわったように見える
もうじき太平洋の水平線が正面に小さく引かれるはずだ
それは広がらないではいない

30

イスラ・ネグラのパブロ・ネルーダさんの家の
数々のコレクションで一杯の部屋を巡って
参観者用の食堂に通されるとホッとした
その部屋の窓からは海が波うっているのがやっと心に入ってきた
よい風！　よい空気！
ヨーロッパの葡萄の樹が病菌に冒されて全滅の危機におそわれたとき
チリの葡萄の樹が輸出されてそれを救ったことなど
ガイドさんに聞いてきたばかりなので

涼子

赤ワインの味は体の中を駆け巡った
ネルーダさんは外交官であり　ノーベル賞を受賞した詩人です
海が大好きだったが　船に乗ると吐き気がしたそうで
海から拒絶された男なのだった
もうひとつのバルパライソの
「いつでも、星へ旅立てるように」とネルーダさんがコメントした夢の家は
丘の頂上に建っていて　まがりくねった坂を登って来るときに見た
カラフルな手作りの家のようだった
この家からも海が見渡せた
花火が海岸で打ち上げられるときに
ネルーダさんは三番目の妻や友人たちとこの家に来て
三階の小さなバーでカクテルを作ってふるまったそうだ
このバーのモットーは
「食べて、飲んで、楽しく！」

31

順子

バルパライソ
天国の谷は渇いている
ユーカリの木はしなだれているが
葡萄畑は行く先々にある
通訳の女性はワイン畑と言っていたが
この辺りでは　葡萄と葡萄酒は同じ一つのことばなのだろうか
それも天国らしくていい
バルパライソ

天国の谷の咽喉を
ワインがうるおしてゆく

32

海路を辿って船が沖に出てゆくとき
海にも路があるらしい
何かの本でそんなことが書いてあったと
丸い水平線を眺めながらぼんやり考えていると
三角波の上で鷗の集団が騒ぎはじめた
目を凝らして見ると
いるかの群が遊泳しているところだった
ときどき大きな白い腹をひるがえすようにして

涼子

飛び上る
しぶきが飛び散る
デッキにいて気が付いた人たちが
「いるか!　いるか!」「いるか!　いないか!」
と声を上げているうちに
ミニ・サッカー場で走り回っていた男女が
飛び出して来た
若いって素晴らしい!
汗で光っている長い手足が太陽の光で輝いている
鍛練を怠ってきた我が身は
もう　どうにもならない
船はいるかの大群を置き去りにして
波をかきわけるように進んでいった

33

チリ本土から約三七二〇キロ
タヒチ島から約四〇五〇キロの孤島イースター島には
悲しめる巨大なモアイ像約千体が存在する
この島には港らしい港がないので　客船から
揺れるボートに乗り移って上陸する
(スペースシャトルの緊急着陸用として
世界最長の滑走路が島をつらぬいて走っている
山の上には十字架が三本建てられている)

順子

珊瑚で出来た目をなくしたモアイは　それと同時に
マナと呼ばれる神聖な力もなくしてしまった
あれは　神さまの脱け殻
重たい大きい石の脱け殻
モアイ像は後期になるほど巨大になっていったという
孤島に住んでいるというのは恐ろしいことだ
外部からの目をもたないので
行き着くところまで行ってしまうのだ
空には整列したモアイ像のような雲が浮いている
ちゃんとプカオ（帽子）もかぶっている
この辺りにはあんな雲が湧くらしい

34

「タヒチ」といえば昭和三十六、七年代に福永武彦さんという小説家が
文献のみでゴーギャンのはなしを書いて
読売文学賞をもらったときのこと
お祝いのパーティーで突然　高見順さんが大声で怒鳴られた
「君たちは血を流して文学をやっていない！」
全員シーンとしてしまったはなしをしたら
へんな男も自動車の中でシーンとしてしまった
一泊したホテルからゴーギャン博物館に行く途中である

涼子

「僕ちゃんは血だるまになって小説書いているもんねー」
といったらコックリうなずいて元気になった
この男は本当に六十歳になったのだろうか
昨日　水着のパンツをはいてプール・サイドに座っていたので
カメラを向けると
毎晩　夜食にラーメンを食べて突き出てしまった腹をたたき
天空を睨んで「どうぞ」という
ゴーギャン博物館には本物が何もないのを知っていて
わたしたちは行くのである
とにかく物の値段が高い
値切らないで物を買う小説家も
黒真珠をお母さんへのおみやげに買うときには
「おねえさん！　何か言うてやって！」
とわたしを呼びに来た

35

順子

時差が日本よりも二十一時間遅れになったところで
太平洋の真ん中にある日付変更線を通過した　その瞬間
わたしの生涯から二〇〇六年三月十六日が消えた
少しずつもらって得をしたような
あるいはもてあましていたような気持ちでいた時間を
一日分まとめてお返ししたのである
いまは少々返しすぎた状況にあるが
貸し借り0になったところで

地球一周航海は完了することになるわけだ
衝撃的だったのは
一日が消えてしまったことではない
一日消えてしまっても
どうってことはなかったことだ
毎日飲む薬が一錠余って
洗濯物が一日分減っただけのこと
銀行も会社も潰れなかったし
夫もそばにいてくれたし

36

涼子

フィジー上陸説明会は三月十五日に行われた
その日の夜二十四時に日付変更線を通過することが知らされる
ブロードウェイに集まり　カウントダウンでその時をむかえるという
三人の乗客の誕生日が消滅してしまうというのだ
へんな夫婦はさっさと寝てしまったが
わたしはこのイベントに南米に三十年間もいたという澤田夫妻に連れられて参加した
クルーズ最年長者九十二歳の今村さんのこの日の誕生日おめでとう！
その外にフィジー・ラウトカ上陸の前日おまけのスバ上陸の

一日プレゼント発表もあり　みんなワクワクしていた
だからカウントダウンの時にくばられた
「種子島（日本）上陸説明会」という紙片を本当だと
思い込んで喜んだ人が大勢いた
怪情報のところに　ターミナルの出入口でお食事券の提示が
求められる場合があり　帰船時にはX線による尿検査があります
あらかじめためておいてください
とあって冗談だとわかったが　へんな小説家が出席してなくてよかった
すぐにオシッコがしたくなるので　ためてなんかいられないのだ
おまけのスバはインド人が多く商売に励んでいた
翌日十八日　ラウトカ港着
ナンディの豊かな砂糖黍畠の間をバスを走らせてサウナカ村に行き
カバのお茶をへんな夫婦は頂いて　おいしいと言った
メケダンスは素朴で村の人々にも子どもたちにも別れるときは淋しかった
港のそばのスーパーでへんな文豪にソフトクリーム一個を買い与え何時間も待

たせて
嫁はんとわたしはバスタオルを買った

タヒチアン・ダンスショーにて（高橋順子(左)、新藤涼子）。(3月10日)

37

天からおちてくるものは

天から落ちてくるものは
雨と
火山灰と
ココナッツだけでよかった人びとの頭上に
戦火が降ってきた
六十数年前のラバウル
戦争博物館の庭の朽ちた大砲に
子どもがまたがって遊んでいた

順子

丸い目をして笑っていた
わたしはたじろいだ
日本人である　わたしは

38

ラバウル港で案内人は一九九四年九月の
火山大噴火のあとも日本はテレビ局を作ってくれたし
病院も作ってくれた　グレート！
ナンバー1だと言った
わたしと順子さんは下を向いていた
慰霊碑の前に立って
太平洋戦争が何であれ
わたしたちが生きているのは

涼子

彼らがくれた命だと思った
わたしも
次の世代の人に点《さ》す
ともしびのようなものでありたいと
ひたすら　祈った

39

キャビンの机の前に世界地図を貼り
航路と日にちを書き入れてきたのだが
横浜まであと五センチのところまで来た
西へ西へと航海しつづけたら　いつの日か
出発点に戻るということは　周知の事実だが
やっぱり横浜に着いたら古代の人のように驚くだろうな
古代の太陽と月と星を
海を
九十五日間見つめつづけてきたのだから

順子

トパーズ号の操舵室から。

40

葡萄畠の間をバスが行く
あれは　ユーカリの木のようね
はい　ユーカリの木です
あれも　ユーカリの木なのね
はい　ユーカリの木ですよ
女のひとに女の案内人が答える　二人の

涼子

やわらかな声を聞いているうちに私は　眠ってしまった
港に向かって走っている異国のバスの中で

日の入り　日の明け
去り行く日と　来る日が
入り交じるのは　夜明けだろうか
それとも　夕暮れ？

夜になると毎日　船の前方甲板から南十字星を探した
その近くに暗黒星雲があるなどと知ったのは
人に教えられてからだ
無数の星を見ていると私は
限りなく小さくなっていくのだった

ひたひたと水を打つ音のなかで目覚めたようだ

船の丸窓から大波が深くうねっているのが見えるものの
水面を打つ音まではしない
夢を見ていたのだ　きっと

はっきり　目覚めてみると
この大船は日本に向かって走っていると分かるが
途端に気持ちが忙しくなるのは
何故なのか？

3 月 26 日、船上朗読会。

地球一周航海三吟歌仙　赤道越ゆるの巻

車谷長吉
新藤涼魚
高橋泣魚

二〇〇六年三月二十七〜四月七日
太平洋上「トパーズ号」〜東京・静岡

一（春）　白き蝶赤道越ゆる真昼かな　車谷長吉
二（春）　三角波の崩れ下る春　新藤涼魚
三（春）　縮れ毛の子と馬の仔の跳び出して　高橋泣魚
四　シエスタの店を叩く旅びと　涼
五（秋・月）　月代や砂上の都市に塵一つ　泣
六（秋）　露のかゝりて薬莢ひかる　涼

ウラ

一（秋）　黍嵐遠い国から来たスパイ　泣
二　鬘《かつら》を取れば見違へる顔　涼
三　業深き女の影や後家ぶとり　長
四　ケニアの牛は骨も尖りて　泣
五　スワヒリの言葉うれしきハクナマタータ《なんとかなるさ》　涼
六　ジャンベたゝいて一日暮れた　泣
七　地下壕で鼠に出会ひぎやつと言ふ　涼

八（夏・月）　　蚊遣火いぶすころに薄月　　泣
九　　足くじき按摩鍼灸みな試し　　涼
十（春）　　春のあらしに大ぶねも揺れ　　泣
十一（春・花）　　世界蟲花爛漫に帰国する　　長
十二（春）　　陽のあたる隅睡るふらこ、　　涼
ナオ
一　　日ェ嚙んで死ねとおかんに言はれたる　　泣
二　　寝ころんで見るテレビのシーン　　涼
三　　隣室で南無阿弥陀佛となへけり　　長
四　　老いの恋路や灰となるまで　　泣
五　　かの人の筐《こばこ》に汲める言の葉ぞ　　涼
六（冬）　　枯草踏んで父を捜しに　　長
七（冬）　　潮吹いて夢の鯨が通りゆく　　泣
八　　廃船沈む峡湾を見た　　涼

九　パタゴニア・フィヨルドを愛づわが魂は　長

十　ふるふるふるへ遊覧飛行　泣

十一（秋・月）　洋上の月を肴に嫁いびり　涼

十二（秋）　秋刀魚喰ひたし日本恋ほしも　長

ナウ一（秋）　新涼のマダムときめく十字星　泣

二　魔除けの仮面見つめる祈り　長

三　八幡のお宮横切るグルメ猫　涼

四　強欲な人ブティックのぞく　長

五（春・花）　隧道の向かうは花の乱れ咲き　涼

六（春）　ひとめぐりして春暑き日々　泣

フィジー、サウナカ村にて（左＝車谷長吉）。（3月18日）

歌仙解説　あとがきに代えて

高橋順子

「船に乗ったら、連詩をしましょう。歌仙（三十六句形式の連句）も巻きましょう」と新藤凉子さんと約束していた。連詩も歌仙も後戻りや停滞を嫌い、変化をよろこぶ文芸である。じっさいに旅をしながら、それも地球一周の旅ともなれば、放っておいてもこれらの条件を満たすにちがいなかった。非日常が日常と重なるところに身を置いていられた、稀有な九十五日間だった。

連詩は南半球の風におされて、どんどん進んで行ってしまったが、歌仙となると、そううまく事は運ばない。連れ合いの車谷長吉が「おれはやらん。だって季節感がめちゃくちゃや。日本では真冬なのに、この暑さ」と言う。それもそうだ。じっさい歌仙を巻く気になったのは、帰国を三日後にひかえ、少しずつ気温が下がってきてからだ。長吉は毎日パソコンで『世界一周恐怖航海記』（文藝春秋刊）の原稿を書き、出版社に送っていたので、疲れも溜まってきていたらしい。しぶる長吉に発句をねだる。旅も終わるころになって、初めて携行していった歳時記をひらいた。

歌仙の約束ごとは多々あるが、要は前句から想を得て、付きすぎず、しかも離れすぎない句を作り、次の人に渡すということである。実景の句でなくてもよい。長句（五・七・五）と短句（七・七）は交互に作る。全体として一つのストーリーをなすものではなく、句の移り、変幻を楽しむものである。主語を省略することのできる日本語ゆえに成立する文芸であろう。以下に句の背景を記す。涼魚は新藤涼子の、泣魚は私の俳号である。

一　白き蝶赤道越ゆる真昼かな　　車谷長吉

スリランカ沖からセイシェル共和国に至るインド洋上で赤道を越える。長吉は蝶が一ぴき波の上を飛んでいるのをじっさいに見たそうだ。この船旅で最初に感動したことを発句に。安西冬衛の「春」という一行詩「てふてふが一ぴき韃靼海峡を渡つて行つた。」を思い出す。蝶は春の季語。

二　三角波の崩れ下る春　　新藤涼魚

よく荒れるというインド洋を航行中、見渡す限り三角波が立っている日もあった。

広い野原に白うさぎがいっぱい飛び跳ねているような。

三　縮れ毛の子と馬の仔の跳び出して　高橋泣魚

モアイ像で有名な、太平洋の絶海の孤島、イースター島で見た光景。全島ゴルフ場みたいにきれいな島で、生活臭がまったくなかったが、行く先々に馬が放し飼いにされていた。乗馬用らしく、馬で島内を一周することもできるそうだ。「仔馬」が春の季語。

四　シエスタの店を叩く旅びと　涼

「シェスタ」はスペイン語で昼寝。スペイン語圏のアルゼンチンなどでは、昼は二時か三時くらいまで商店はお休み。涼魚は地球最南端の町ウシュアイアでお土産を買い損なう。ペンギンのぬいぐるみがほしかったんだって。

五　月代や砂上の都市に塵一つ　泣

「月の定座」。「砂上の都市」はナミビアのスワコプムンド。そこだけに樹木が密生していて、きれいな家々が建ち並び、蜃気楼の町のようだった。

六　露のかゝりて薬莢ひかる　　涼

ナミブ沙漠に薬莢が落ちているのを、タクシーのドライバーが指さした。小動物のまるい糞も落ちていて、彼はこの動物の名をspringbokと教えてくれた。いまは雨季だと言っていたが、霧が降っているだけだ。「露」は秋の季語。

一　黍嵐遠い国から来たスパイ　　泣

初折裏一句目。サトウキビ畑が方々にあったのはフィジー諸島である。英領だったので、それを耕すのにやはり英領だったインドから、人が多数送られてきたそうだ。いまは全人口の四十五パーセントをインド人が占める。先住のフィジー人とは宗教がちがうので通婚はないそうだ。フィジー人男性のフォーマル・ウェアーはなんと巻きスカート。「黍嵐」が秋の季語。

二　鬘《かつら》を取れば見違へる顔　　涼

暑い国ではずっと鬘をかぶってはいられないだろうから、スパイも大変だ。

三　業深き女の影や後家ぶとり　　長

後家であろうが、夫持ちの女であろうが、男であろうが、船内では三食デザート付き、家事労働免除につき、太らないほうがおかしい。食堂が二つあり、それをハシゴしたあげく、胃潰瘍になり、下船した人もいたそうな。しばらく療養し、また乗ってきた人もいたそうな。

四　ケニアの牛は骨も尖りて　　泣

ケニアの草原は枯れ色だった。あんなに痩せた牛は見たことがない。食堂でケニア産のヨーグルトが出たときには、申しわけない気がした。

五　スワヒリの言葉うれしきハクナマタータ《なんとかなるさ》　　涼

船の中ではスワヒリ語の他に、英語、スペイン語、ポルトガル語などの会話教室があった。スワヒリ語の歌の中に「ハクナマタータ」ということばがあった。「ケニア人はポレポレ（ゆっくり）だけど、日本人はハラカハラカ（急げ急げ）だ」とケニアの人に言われてしまった。

六　ジャンベたゝいて一日暮れた　　泣

「ジャンベ」はアフリカの太鼓。毎朝船内でジャンベの練習をしていた人たちに、連詩発表会の折り、共演を申し入れた。おかげで会は盛り上がった。

七　地下壕で鼠に出会ひぎやつと言ふ　　涼

パプアニューギニアのラバウルには、太平洋戦争の折りの旧日本軍参謀本部が置かれていた防空壕が残っている。そこを見学していたら、白茶けたヒキガエルが出てきたことが、この句の背景にある。

八　蚊遣火いぶすころに薄月　　泣

「月の定座」。アフリカ、南太平洋の島々の蚊はマラリアを媒介する。虫除けスプレーだけでは危険だというので、船旅の間、二度にわたって六錠ずつ予防薬を飲んだ。

九　足くじき按摩鍼灸みな試し　　涼

この句は涼魚の実体験に基づく。泣魚もぎっくり腰になった。

十　春のあらしに大ぶねも揺れ　　泣

帰国二日前は大揺れ。誰も座っていない椅子がツー、ツーと動いて壁にぶつかる。八階の食堂では安全のため、火をつかった料理は出ず、味噌ラーメンにありつくつもりだった長吉は落胆。

十一　世界蟲花爛漫に帰国する　　長

「花の定座」。歌仙半ばで「帰国」とは困ったが、蟲息山房主人・長吉の帰心矢のごとし。故国では桜が満開になっているだろう。

十二　陽のあたる隅睡るふらこ、　涼

「ふらこゝ」はブランコのこと。春の季語。寄港地を歩くと、陸《おか》揺れがした。帰国後はエスカレーターで均衡を失い、ビルが揺れ、自転車にしばらく乗れなかった。

一　目ェ嚙んで死ねとおかんに言はれたる　泣

名残の表一句目。「おかん」とは、この船旅の催行者ピースボートの弱冠二十四歳のクルーズ・ディレクター、平山雄貴さんのご母堂。自分で自分の目を嚙むことなんてできない。死なずに頑張れ、という味わい深いおことばである。

二　寝ころんで見るテレビのシーン　涼

船室内のＴＶには二つだけチャンネルがあり、一つは操舵室からの眺め。窓がないキャビンの人は点けっぱなしにして、外が明るいか暗いかを知る。もう一つは映画。ニュースその他は映らない。涼魚は操作がわからず、一度もTVを点けたことはなかったという。リモコンがなかったからね。

三　隣室で南無阿弥陀佛となへけり　長

下船するまでに巻き上がらなかったので、この句から長吉・泣魚の住まいのある東京、涼魚の熱海間でファックスのやりとりをした。長吉もやる気になってきた。

四　老いの恋路や灰となるまで　泣

船内には老いらくの恋の噂になった人も。独り者の富豪の老女を狙う結婚詐欺師もいたそうだ。

五　かの人の筐《こばこ》に汲める言の葉ぞ　涼

水茎の跡もうるわしい便りか。長吉はノート・パソコン、泣魚はワード・プロセッサー持参。涼魚は原稿用紙とボールペン。三者三様。

六　枯草踏んで父を捜しに　　　長

最初「母」と作ったが、しばらく前に「おかん」があるので、「父」に。

七　潮吹いて夢の鯨が通りゆく　　　泣

ケープタウン港で潮を吹く鯨、というか鯨の吹き上げた潮を見た。潮の高さからいって、そんなに大きな鯨ではなかった。

八　廃船沈む峡湾を見た　　　涼

チリ南端、パタゴニア・フィヨルドで二十数年前に座礁し、そのまま放置されている赤錆びた廃船があった。遠く近く氷河が光っている。

九　パタゴニア・フィヨルドを愛づわが魂は　　　長

外国嫌いの長吉が初めて「来てよかった」とよろこんだ。人であることを忘れることのできる光景は、深い慰藉を与えてくれる。フィヨルド遊覧は三日間つづいた。

十　ふるふるふるへ遊覧飛行　泣

オプショナル・ツアーでセスナ機によるパタゴニア遊覧に出発した。ふだんこわもての長吉の怯えること。すっかり涼魚にからかわれてしまった（連詩28番）。

十一　洋上の月を肴に嫁いびり　涼

悠久の思いをこめて、洋上の月を見ながら生ビール一杯と思いきや、ここまで来て嫁はんをいびるとは。

十二　秋刀魚喰ひたし日本恋ほしも　長

哀れなのは車谷長吉である。

一　新涼のマダムときめく十字星　泣

名残の裏一句目。逞しいのは「新涼」新藤涼子。「新涼」は秋の季語。南十字星は天の川の下のほうに見られる。

二　魔除けの仮面見つめる祈り　　長

「魔除けの仮面」を長吉はフィジー諸島の首都スバでもとめた。長吉は女の顔だというが、泣魚には男に見える。眉間に縦皺が刻まれ、恐ろしい。

三　八幡のお宮横切るグルメ猫　　涼

日本ではグルメ猫が往来しているが、ベトナムでは受難の犬たちも見た。トラックの荷台にすし詰めにされて、食肉業者のところへ運ばれていった。

四　強欲な人ブティックのぞく　　長

初折裏三句目にやはり長吉の句で「業深き」とある。人の業や欲を見据えるのは小説家のこれも業か。

五　隧道の向かうは花の乱れ咲き　　涼

「花の定座」。日本国内外のニュースから遮断されていた九十五日間は、広大な海の上にいたとはいえ、考えようによれば隧道（トンネル）の中だったともいえる。

六　ひとめぐりして春暑き日々　　泣

今年は連衆《れんじゅ》三名は冬の本格的な寒さも、春を待つ冷たさも知らずに、ぬくぬくと、あるいは大汗をかきつつ、地球をひとめぐりして過ごした、という意味の挙句《あげく》である。

あとがき

新藤涼子

私の熱海の居室からは、海しか見えない。この海水が世界中の海と繋がっていると思うと、それだけでゆったりとした気分になる。なにものにも縛られないのは海の水だけだろう。そんなことを思いながら海を眺めていたある日、高橋順子さんから電話があった。

「船に乗って世界一周してみない?」、ぼんやりしているとはいえ、年末の仕事に追われていた私は、一旦はためらった。

「どうせ新藤さんは、クイーン・エリザベス号かなんかに乗って世界一周なさいよ」といつになく憎たらしいことを言う。隣りでそのやりとりを聞いていた娘が、「おさそいを受けたときに行かなくてどうするの。留守番はちゃんとするから大丈夫!」

そこで目の下の海続きと思って出かけることにした。

我がトパーズ号は、二〇〇五年十二月二十六日、十二時半、横浜港大桟橋国際客船ターミナル出港。九十五日間で南半球を一周するクルーズに出たのだった。

順子さんは夫君同伴（車谷長吉氏）。乗船してびっくり。なんと、ピースボートだという。それを知っていたのは、順子さんだけだった。しかし、これがよかった。年寄りばかりだったら、気が滅入ったことだろう。若者はそれなりに楽しんでいた。夜も眠らないで翌日の新聞作りをしたり、翌日のイベントの巨大なポスター作りなどに励んでいた。

知らないもの同士が、あっという間に仲間になって、洋上ライブ、ファッション・ショー、サッカー、洋上運動会などを次々に立ちあげて行く力は、年寄りまでも巻きこんで熱くさせた。

その外に、朝六時頃から太極拳、ラジオ体操、ストレッチ、気功、カントリー&ウエスタンダンス、社交ダンス、合気道……から始まって、英語、スペイン語、ポルトガル語、ハングル語、スワヒリ語、合唱、日本舞踊、天体観測、裁縫、そのほか、なんでもござれ、眠れないひとのために、深夜企画までも考えようという親切さ。しかも、なににも参加しないで、三百六十度の水平線のなかでボンヤリと、自分をほどいて過ごすのも、自由なのである。

アフリカ、南米二つの最南端を行く南回りは、アジアからインド洋、そしてアフリカ大陸。大西洋を北上して地球の裏側南大陸へ。パタゴニアの大氷河を通過するときには、熱帯から一気に冬支度。そこを通過すると一気に夏支度。南太平洋の島々に至るという、過ぎてみれば、なつかしい旅行だった。

二月十二日、コロニアで転んで足首を捻挫して、キャビンから出られなくなったとき、順子さんは、

「連詩やらない?」と持ちかけてきた。

「この頃の詩は、チットモ、ワガラネー。あれは、日本語を、コワシテルンジャーネーノ。読んでもワガラネーモノ」とお年寄りに言われたばかりだったので、わかる詩を書こうじゃないのと、すぐにうなずいてしまった。

それから一ヵ月も経たないうちに二人で七〇〇行を書き上げてしまい、下船間際の三月二十六日には、シアターで朗読会というスピードだった。観客はすこしは行き先が違ったとしても同じ方向を辿ったことは、間違いないのである。私は外側を書き、順子さんは内面を受け持たざるを得なかったと思う。

音楽はアフリカ太鼓のジャンベの会のリーダー・常盤徳隆氏にお願いして八人の人が並び、その横でディジュリドゥという象の鼻のような形をした、オーストラリアの笛を吹いてくださったのが山木健太郎氏だった。三人の女性たちが、トパーズ・ダイニングの入り口で「地球一周ものがたり」という看板を作り、サンドイッ

チマンをつとめてくださったのも忘れられない。

朗読会は大入り満員で、シアターに入れない人もいた。チャント、ワガッタヨ。ヨガッタ、ヨガッタ！といってもらえた。けれど、いいことばかりではなかった。この公演が決まった途端、思わぬ訃報が入ってきていた。

水先案内人として、シンガポールから乗りこんできた四人のケニア・ミュージシャンのリーダー・ピーターさんが、ケニアの自分の家に希望者を案内して、楽しませたあげく、無事に、日本人を帰船させ、旅行会社もやっていたので、次の仕事の相手の日本人とナイロビの街にいたところを、二人とも銃殺されたというのだ。護衛もついていたのに。

日本にいた頃はミドル級のボクサーとして活躍して、日本語も達者。アノ樹ナンノ樹、気ニナル樹……というテレビ・コマーシャルの、初期の頃を歌ったのは、ピーターさんだとの噂もあった。トパーズ号には九回も乗ったそうで、アフリカンダンスや、スワヒリ語の先生もしていて、人気抜群だったのだ。

ピーターさんの家のツアーに参加した少女は、「死ぬことは怖いことではないのよ。みんなの空、みんなの地べたになることなんだから……」とピーターさんはいっていたので泣かない、といった。そこら中にピーターさんはいるのよ、と。

そこで急遽「ピーター・オルワ氏追悼公演・地球一周航海ものがたり」となった。

この旅では、しきりに敗戦前後の日本のことが思われた。今、全世界がしあわせとはいえないからだろう。ガソリンが高くなったせいで、南回り地球一周は、これが最後とのことであった。

この本を出すにあたり、思潮社の小田久郎代表と編集部の亀岡大助氏にお世話になりました。

心からお礼を申しあげます。

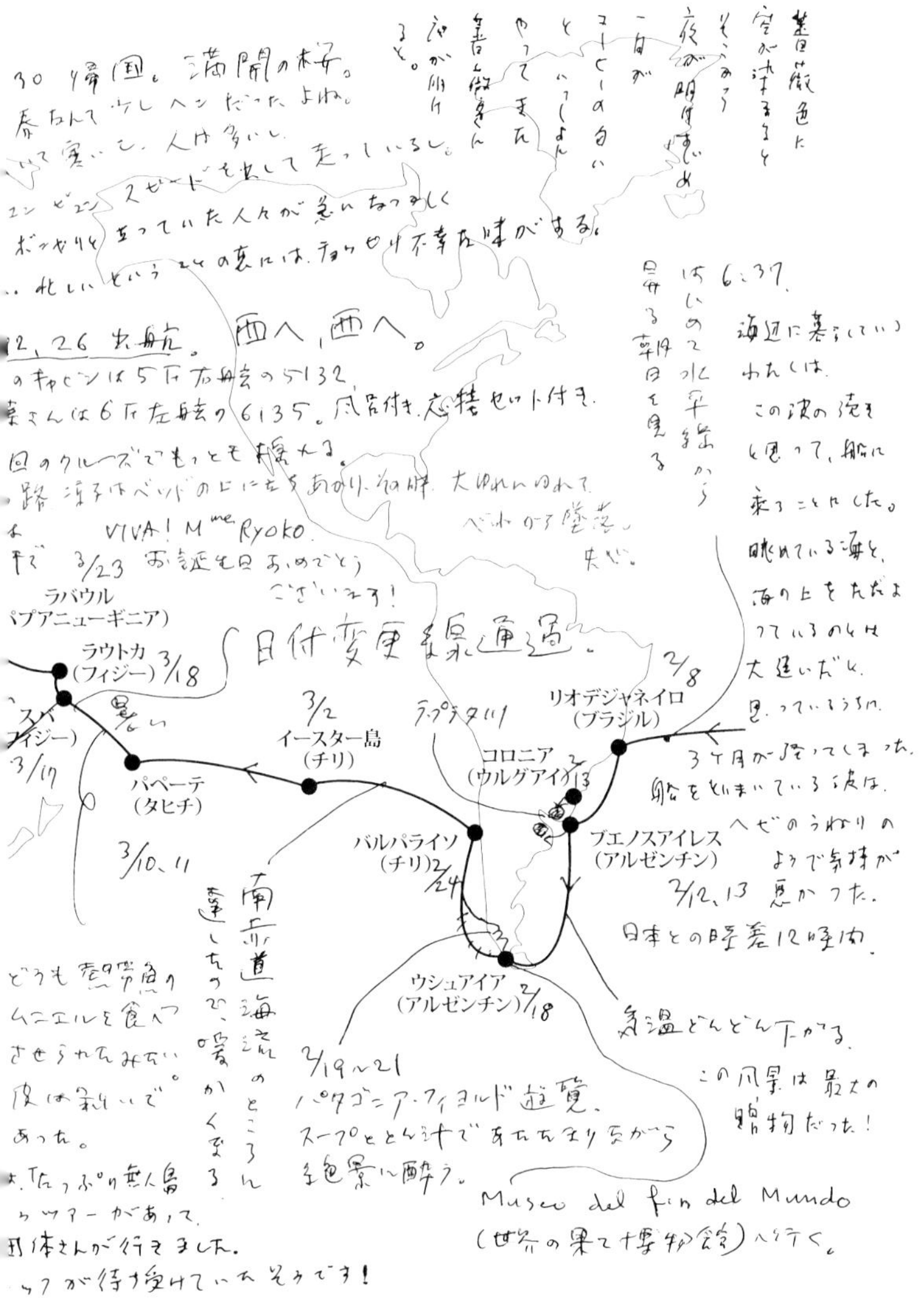

薔薇色に
空が染まると
そうやって
夜が明けはじめ
一日が
コーヒーの白い
といっしょん
やってきた
薔薇色さん
夜が明け
ると。
30 帰国。満開の桜。
春なんて少しヘンだったよね。
いて寒いし、人は多いし。
ユンビュン スピードを出して走っているし。
ボッサリと立っていた人々が急になつかしく
悲しいということの裏には、ちょっぴり不幸な味がする。
12.26 出航。西へ、西へ。
のキャビンは5F右舷の5132
さんは6F左舷の6135。風呂付き、応接セット付き。
回のクルーズでもっとも揺れる。
路 涼子はベッドの上に立ちあがり、その時 大ゆれにゆれて
ベッドから墜落。
失神。
VIVA! Mme Ryoko
3/23 お誕生日おめでとうございます!
はじめて水平線から昇る朝日を見る
日 6:37
海辺に暮らしていわたくしは、
この波の流れを思って、船に来ることにした。
眺めている海と、海の上をただよっているのとは大違いだと
思っているうちに
3ヶ月が経ってしまった。
船をとりまいている波は、ヘビのうねりのようで気持が悪かった。
日本との時差12時間。
ラバウル
(パプアニューギニア)
日付変更線通過。
ラウトカ
(フィジー)3/18
暑い
スバ
(フィジー)
3/17
3/2
イースター島
(チリ)
パペーテ
(タヒチ)
3/10、11
ラプラタ川
リオデジャネイロ
(ブラジル)2/8
コロニア
(ウルグアイ)2/13
ブエノスアイレス
(アルゼンチン)
2/12、13
バルパライソ
(チリ)2/24
南赤道海流のところ
を通したので、暖かくなる。
どうも秋刀魚のムニエルを食べさせられたみたい。
皮は剥いであった。
たっぷり無人島ツアーがあって、
団体さんが行きました。
ックが待ち受けていたそうです!
ウシュアイア
(アルゼンチン)2/18
気温どんどん下がる。
この風景は最大の贈物だった!
2/19〜21
パタゴニア・フィヨルド遊覧。
スープとトン汁であたたまりながら
絶景に酔う。
Museo del fin del Mundo
(世界の果て博物館)へ行く。

船のウエートレスやボーイさんたちの、それぞれの国の歌や、踊りや劇などを披露してくれました。左巻はバリ島出身者たちの踊りと劇でした。

ロータスの花を捧げたくなるほど美しかった。

真冬の日本から
夏まっさかりの南半球へ。
地球一周クルーズ
目が覚めると、港に着いていて、雨が
通りすぎた風景と
がらりと変わった
緑ばかりの岸辺だったり
するとうれしくて
冗談みたいにあふって！

wellcome party
船長さんはギリシア人。

八階の居酒屋さんの外は、全員、日本語がしゃべれない人。

ウェルカムパーティに長吉さんは丹前を着て出席。日本の民族衣装にはちがいないもんネ。

船長さんと写真を撮った。

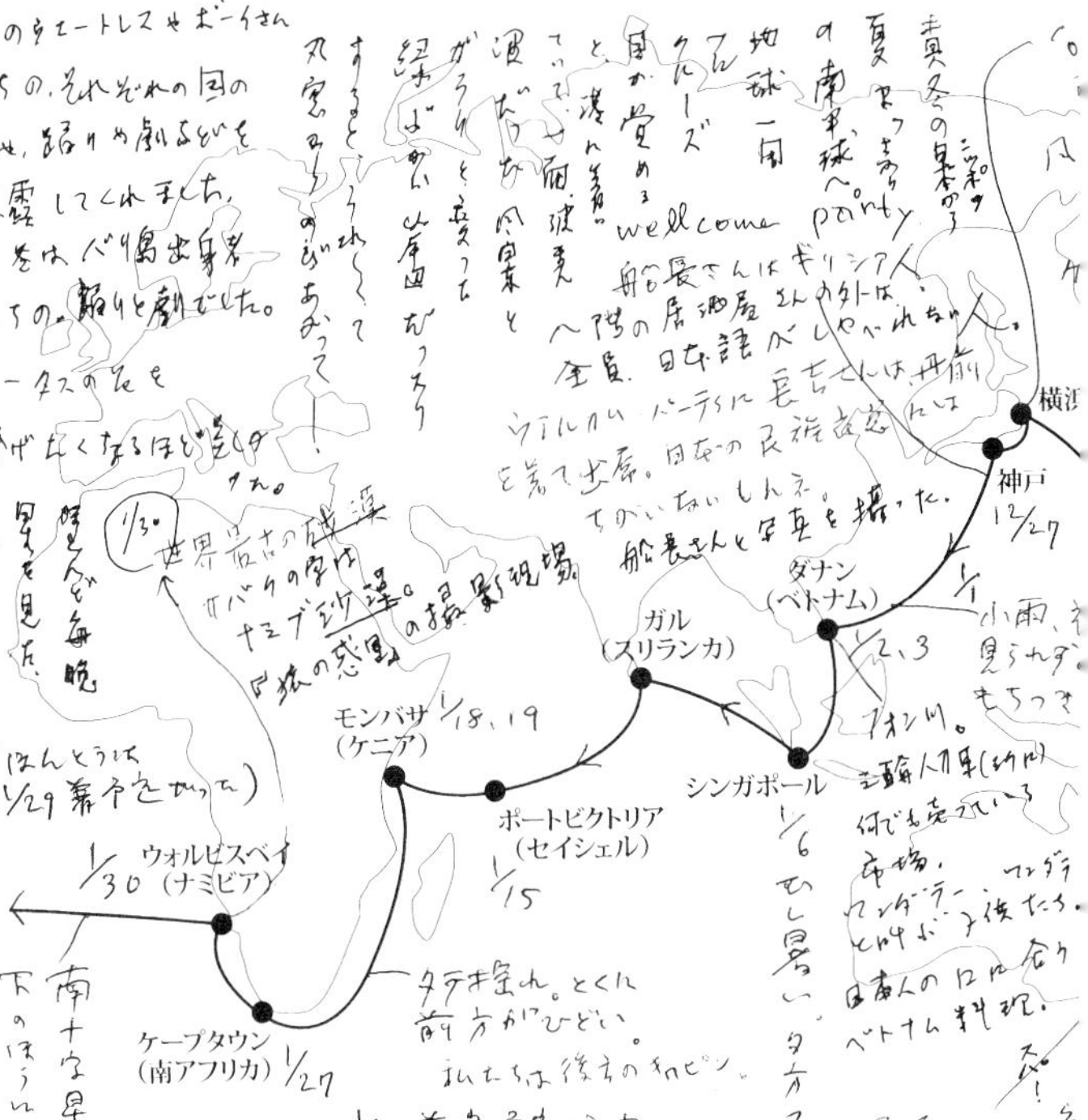

1/31 世界最古の~~砂漠~~ナミブ砂漠。『旅の惑星』の撮影現場

ほとんど毎晩星空を見た。

進行方向の空が夕焼けよく見える。


(ほんとうは1/29着予定だった)

南十字星が天の川の下のほうに見える。

※写真を撮るのをすっかり忘れていた船の旅だった。

タテ揺れ。とくに前方がひどい。

私たちは後方のキャビン。


ほんとうは1/26着岸予定だった。

強風のため入港許可が下りず、沖合いで旋回。

デッキで釣りをしていた人も。

1/6 むし暑い。夕方スコール。

この国の男の人はスカートだった涼しそー！

日本料理店をさがした。

スクールバスは雨よけのビニールのカーテンを下ろし、通り過ぎていった。

1/1 小雨、見られず。もちつき
1/2、3 フォン川。
三輪人力車(シクロ)
何でも売っている市場。
マンダリン、マンダリンと叫ぶ子供たち。
日本人の口に合うベトナム料理。

この旅の写真はあまりに、選んだ亀田さん
平凡だと言ったら、中味の詩の方で
イメージを膨らませるもの。(？)
といった。 フクラシ粉、ベーキングパウダー(？)
それほどうまくいくとは思えないけど…。
うまくない写真の言訳。

シンガポール、マーライオンの前で。(1月6日)

連詩《れんし》　地球《ちきゅう》一周《いっしゅう》航海《こうかい》ものがたり

著者
新藤涼子《しんどうりょうこ》
高橋順子《たかはしじゅんこ》

発行者
小田久郎

発行所
株式会社　思潮社
〒一六二―〇八四二　東京都新宿区市谷砂土原町三―十五
電話〇三（三二六七）八一五三（営業）・八一四一（編集）
ＦＡＸ〇三（三二六七）八一四二　振替　〇〇一八〇―四―八一二一

印刷所
三報社印刷株式会社

発行日
二〇〇六年九月一日